文芸社セレクション

ターミナル

あの日の雨と出会いと

卯月 リボン
UZUKI Ribon

JN166232

文芸社

ターミナル

あの日の雨と出会いと

「荷物になるからいいや」

啓太は母親の夏子の問いかけに、そう答えた。

「荷物って。にわか雨降るって天気予報で言ってたよ。いいから傘持っていきなさい。濡れたら大変でしょ。それとも送ってく？　お母さん今日仕事休みだからいいよ？」

「まぁ。大丈夫。駅から近いし」

「え？　あっ！　こら、ちょっとあんた！」

啓太は夏子の言葉を背中にして、さっさと玄関を出た。

五月の空は言うことないくらいの綺麗な青空だった。

「いい天気じゃん」

啓太はすぐに傘のことは忘れ、徒歩五分くらいのところにある最寄り駅に向かった。通院のために。

啓太はこの日高校を休んでいた。高校三年生だが、子供の頃から呼吸器系が弱く、入退院を繰り返していた。今は定期的な通院と服薬で、どうにか日常生活を送れるまでに体調は安定していた。ただ、高校にはなかなか思うように通学できず、まだ五月だというのに同級生と一緒の卒業は今から心配だった。

病院は総合病院で、市街地から少しばかり離れた町にある。

「高齢者が多いな。今日も」

時には、部活動で怪我を負った学生達や、働き盛りの中年男性の姿も見られる。

斜向かいには薬局と、その隣に滝沢商店という小さな古い雑貨屋のような店が細々と営業していた。

「うん。落ち着いてるみたいだね、森下さん。サチュレーションも大丈夫だね。胸の音もしないし。息が苦しくなったりするようなことはない？　階段の上り降りはできる？」

「はい。今のところは」

「そっか。それなら良かったです。じゃ、次回の診察もまた一ヶ月後でいいかな。薬も同じでコントロールできそうだね。で、また様子見ましょう。ただ、少しでもおかしいと思ったら我慢しないですぐに来てね。コロナも気をつけて」

「わかりました」

主治医の小平先生が眼鏡の向こうの細い目を更に細める。そしていつものように優しい声掛けをしてくれる。

「あんまり無茶したらだめだよ」

会計を終わらせ、病院を後にしようとすると、見事などしゃ降りだった。

「マジかよ」

朝見上げた青空は幻だったのかというほどに、黒に近い鈍色の雲が空一面に広がり、足元では雨が川となって流れていた。

啓太は迎えを呼ぼうかとも考えたが、家を出るときに言うことを聞かなかったことを、帰りの道中できっとチクリチクリ言われる。

踵を返し病院内の売店に向かい、傘を買うことにした。ところが

「傘！　最後の一本がさっき出ちゃったのよ。ごめんなさいね。外、すごい雨みたいだね。お迎え呼べるなら呼んだほうがいいよ。それか食堂で時間潰すか」

と店員の女性が言った。

啓太はがっくりと肩を落として再び病院の出入口までとぼとぼと歩いた。

雨は変わらず降り続いている。

啓太はぼんやりと雨を眺め、何となく道を挟んだ斜向かいに目をやり、滝沢商店を見つめた。決して繁盛しているようには見えなかった。雨の中をびしゃびしゃと音を立てながら滝沢商店に入った。扉は渋くて重かった。

「はい、いらっしゃいませ」

店の中は雨のためか薄暗かった。屋根を叩きつける雨音が響いた。現れたのは二十代前半くらいのやや細身の女性だった。ショートカットで目がパッチリ

とした啓太の好きなタイプの女性だった。

「あのー……」

啓太は緊張しながら店内を見渡した。

「傘、ですか？」

その女性に声をかけられた。

「はい」

「それが、先程売り切れまして」

店の女性が申し訳なさそうな顔をした。

「そうですか。わかりました。大丈夫です。ありがとうございました」

ここもかと啓太は思った。がっかりという気持ちと、やっぱりという気持ちと。おそらく病院の売店で傘が売り切れ、その後この店に傘を求めに来た人が啓太の他にもいたのだろう。

仕方ないからしばらく病院で様子を見ることにした。それでもだめなら小言覚悟で迎えを頼む。少し歩くと駅に辿り着くが、病院から目と鼻の先のこの店に来ただけでバケツ水でも浴びたみたいに頭から水が滴る状態なのに、そんなことをすれば全身は水浸しなのは間違いない。それで熱でも出したら目も当てられない。

啓太は諦めて静かに店を後にしようとすると

「あの」

店の女性に引き止められた。

「病院から来ました？」

「はい」

「駅に行きます？」

「はい」

「ちょっと待っていただけますか？」

女性は店の奥に行った。しばらくして店に戻るとブルーの折り畳み傘を持ってきた。

「この傘使ってください」

彼女は啓太に傘を渡した。啓太はその折り畳み傘を、持ち手の部分から先まで目を何往復もさせてじっくりと見た。

「？　私物ですか？」

「えーっと。うん。まぁ。いい傘じゃないですけど、でも使わないから大丈夫です。この傘でよければ、どうぞ」

「いやでも」

「ウチには傘まだあるから。気にしないでください」

「……」

しばらく啓太は黙っていたが
「じゃあ、すみません。お借りします。また返しに来ます。どうもありがとうございます」

「それとタオル。新しいから。使って。髪の毛、びしょびしょですよ」

女性はまだ未開封の白いタオルも寄越した。

「いや、さすがにそこまでは」

「大丈夫。タオルもたくさんありますから」

女性は微笑んだ。

「すみません」

啓太はタオルで頭と顔を拭き、一礼して店を出た。

その傘は朝見上げた空のような鮮やかなブルーだった。暗い雨の中を傘を差した部分だけまぶしい青空になった。


「え？　何？　それであんた何も買わずに店を出てきたの！」

帰宅した啓太は、夕飯の支度中の夏子にやや強めに言われた。

「あー」

「おバカ。どうしてそれこそタオルを買わなかったのよ」

タオルも店の奥から持ってきてくれた。滝沢商店の名入りのタオルだった。住所と電話番号も印刷されてあった。粗品だ。

「お兄ちゃん、傘持って行かなかったの？」

妹の歌歩も会話に入ってきた。

「あんなに降ると思わなかったんだよなー」

「へぇぇー。全然知らない女の人に傘借りてくるなんて。やるじゃん！　どんな人だった？　かわいい人？」

「変な言い方すんなよ」

　まさかちょっとタイプだったなんて言ったら、それこそ歌歩は面白がって騒ぎ立てる。

「二人ともケンカはやめなさい。啓太、傘、早めに返しに行きなさいよ」

「うん」

　啓太は滝沢商店で何か買ってくるべきだったかと、この時思った。しかし店内にいたときはそれどころではなかった。

「滝沢商店はちょいちょい行ったよ。あんた覚えてない？　古い店だけどさ、おばあちゃんとあの店で、おじいちゃんのお見舞いを買ったもんだよ。あんたの暇潰しに子供用のパズルやらミニカーやらも買ったりさぁ。店先のガチャガチャに抱きついて、欲しい欲しいって言って泣いて離れなかったり。おばあちゃんがやれやれって顔して、ガチャガチャやってくれたんだよ。そしたらもう癖になっちゃって。あんた、自分の診察のときもお店のガチャガチャをじーっと見てて。ふふふ。懐かしいわ」

「そうだっけ？」

「そうだよー」

夏子は再び夕飯の支度を始めた。

啓太は休みがちではありながらも、高校生活をどうにか楽しんでいた。ごく普通の普通科で、偏差値がずば抜けて高くもなく、またその逆ということもなく、悪い言い方だが特に目立つところのない学校だった。

「森下。昨日のノート見る？」

「あーお願い岡嶋」

「森下ー！　英語なら俺が見るよー！」

父親は日本人、母親がカナダ人でハーフの坂口ジェイクがそう言うとクラス中が大混乱を起こす。

「えーウソ！　マジで！　私のも見て！」

「何だよ坂口、森下だけ？　俺にも教えろ！」

「坂口マジで神！」

「おジェイ様！」

「バカか甘えんな！　お前らは毎日学校に来てるだろ！　その下らねぇエネルギー少し森下に分けてやれ！」

　啓太はそのやり取りを笑いながら自分の席で見てると、柳田美久と橘明里の女子生徒二人が啓太の席の隣に来た。

「森下君。この間話した映画、みんなで行ってきたよ。ね、明里」

「うん。まだ座席の制限はあったけどね」

　皆とは、ハーフの坂口ジェイクと元気が取り柄の岡嶋文也の男子二人と、明るくていつも笑顔の柳田美久と文也の彼女の橘明里の女子二人のことで、啓太はだいたいこの四人と行動を共にしていた。

　しかしここのところは、コロナウィルスのこともあり、体調を優先しプライベートではあまり外出しないようにしていた。

「そっか。楽しかった？　ごめん。いつも断ってばかりで」

「うん。大丈夫。コロナ心配だもんね。早く落ち着くといいね。そしたらまたみんなで遊ぼうよ！」

「ありがとう。でも勉強はいいのかよ？　三年だぞ？」

「ギクッ」

そう言って美久と明里は笑いながら啓太の元を去った。

数日経過すると、借りた傘の存在はすっかり忘れていた。

そんなある日の朝、カーテンを開けるとサーサーと雨が降っていた。通院日のときの激しいにわか雨のような勢いではないが、梅雨の走りという感じで傘は必要だった。

「そう言えば、啓太あんた、借りた傘、返しに行ってないでしょ？」

「あ。忘れてた」

「早く返しに行ってきなさい」

夏子がため息交じりで返事をする。

「うん」

「滝沢さんだって困るでしょう」

彼女はまだ傘はあるからって言ってたからそれは大丈夫じゃないか？　と啓太は言おうとしたが、それを自分が言える立場ではないなと思い、言うのをやめた。

「わかった。今日行ってくるよ」

「学校の帰りに寄れるね」

「買い物もしてくるよ。何か買うものある？」

「あーそれじゃ冷蔵庫の脱臭炭買ってきて。二つ。あるかな？　わかんないけど」

「わかった。聞いてみる」

しかし、いざ登校しようとすると、おかしなことに気づく。

「傘がない」

「え？　ない？　自分の傘がないの？　まさか借りた傘がないわけじゃないよね？」

「自分のはある。借りた傘がない」

「そんなわけないでしょ。玄関にあるでしょ？　ちゃんと見て」

「ちゃんと見てるよ。いつも折り畳み傘を引っ掛けてるところだろ？」

「どうせ明後日の方向でも見てるんでしょ。フックだよ？　長い傘立てじゃないよ？」

「わかってるよ」

「じゃあるはずだよ」

「ないから言ってるのに」

「玄関の折り畳み傘専用にマグネットのフックが貼り付けてあるでしょ。干した後、そのフックにぶら下げておいたんだけど」

首を傾げて夏子が玄関まで確認に来た。そこに歌歩も歯ブラシを咥えて洗面所から出てきた。

「青い折り畳み傘なら、さっきお父さんが持って出て行ったよ」

「えっ？」

歌歩の言葉に、夏子も目玉が飛び出そうな顔をした。


その日の放課後、啓太は滝沢商店にいた。

「ちょっとそんなことで、傘は父が勝手に使っちゃって。まだ返せなくてすみません」

「あっははは！　大丈夫です！　それでわざわざ来てくれたんですか。ありがとうございます。あの日はあの後も傘を買いに来た人がいて、あと二人の方に傘お貸ししたんです。ふふふ」

　滝沢商店の女性は笑って許してくれた。店は、洗剤などの消耗品、文房具、金物など、ところ狭しと並べてあった。煎餅やペットボトルの飲み物、缶詰もあった。品数は多くないがある程度のものは揃っていた。

「でもこの間は本当に助かりました。ありがとうございました」

「いえいえ。私も良かった。人の役に立てて。ちょっとおせっかいだったかなって後で思っちゃって」

「いや。マジで助かりました。粗品もいただいて」

「やだもうごめんなさい！　いいタオルじゃなくて。恥ずかしい」

　女性は顔に両手を当てて照れた。

　かわいいな。

　改めて啓太は思った。

　女性は手を顔に当てたまま、啓太に話しかけた。

「今日も病院からですか？」

「いえ。えと。今日は病院じゃなくて。買い物頼まれてて。冷蔵庫の脱臭炭はありますか？」

女性は一瞬不思議そうな顔をしたが、すぐに場所を教えてくれた。

「あっ。脱臭炭ですね！　ハイ。ございます。そこの隣の棚の上の段なんですけど」

「ありました。ありがとうございます」

「はい」

啓太は棚に手を伸ばし買い物を済ませて店を出た。


帰宅後、父親の良介に傘のことを訊ねてみた。

「あっそうだったの？　そりゃゴメン。啓太が彼女から借りた傘だったとは」

良介が、ベビーチーズと冷奴、それと夏子手作りのコロッケをつまみにビールを飲みながら啓太に詫びる。すでにほろ酔いだ。

「彼女じゃねーし」

「なーんだ彼女だったんじゃん。お兄ちゃんてば水くさいんだから。年上の彼女かぁ！　いいじゃんいいじゃん！　ねねっ！　今度連れてきてよ！」

「彼女じゃないって言ってんだろ。歌歩、お前、人の話聞いてる??」

「え？　聞いてたよ。お父さんの話」

「じゃねーよ！」

「歌歩には敵わないね。ふふ」

夏子も喜んで会話に参加する。

何なんだこの家族は。啓太は大きく息を吐いた。

「今度こそ返そうね」

「わかってる。次の診察のときに行くよ」

「次の診察はいつなの？」

「今月は行かないよ。六月になってから。再来週の火曜日」

「まだまだ先じゃないの。そんなに先まで借りてていいの？」

「父さんのせいだろ」

「えっ？　オレ？」

良介のビールを飲む手がピタッと止まった。

啓太はそれには返事をせずに、揚げたてのコロッケをサクサクと音を立てて食べた。そして良介もそーっとコロッケをかじると夏子に怒られた。

「啓太もお父さんも、ちゃんと野菜食べなくちゃだめだよ。体のために」

二人はコロッケはバクバクと食べるも、トマトと千切りキャベツはしっかり残っていた。

「傘のことでいじられるほうがよっぽど体に悪いわ。父さん、傘どこ？」

「玄関にあるから。明日天気が良ければお母さんに干してもらって」

「自分の傘使えよ」

「仕事場に置きっぱなしなんだよー」

へへへと笑いながらほろ酔いの良介はキャベツをスルーしてまたビールを一口飲む。

「きれいな青い傘だったよー。お父さん、あの傘欲しいなぁ」

「何なら私は彼女も見たい！」

「いい加減やめろっつーのその話」

早く傘を返さないといつまでもいじられる。

すぐにでも傘をリュックに仕舞いこみたい気分だった。

じゃがいもは炭水化物だから、コロッケを食べても野菜を食べたうちにはならないのか。啓太はそう思いながらキャベツにドレッシングをかけて口に運んだ。


六月に入り、梅雨が始まった。借りた傘もようやく父から母、そして啓太の手元に戻ってきた。

「もうカバンに入れとこ」

傘をリュックに入れようとしたとき、傘の袋にピンクの刺繍をみつけた。

〝チサキ〟

申し訳なさそうに目立たなく小さく刺繍されてあった。

「名前？」

彼女はチサキさんていうのかな。

どんな字だろ？

何となくそう思った。

もしかしたら姉妹がいるかもしれないし、母親の名前かもしれないが、本人の可能性もある。

色々考えながら診察日までを過ごした。ずっと梅雨の長雨が続いた。


「今回も調子良さそうだね」

小平先生がほっとしたような表情を見せた。

「良かったです」

「じゃいつもの薬を出しておきますね。何度も言うけど具合悪いのを我慢しないでね」

小平先生は物腰が柔らかい。いつも穏やかに対応をしてくれる。一度具合が悪いのをギリギリまで我慢して、ものすごい雷を落とされたが、その一度だけだ。

診察後は薬局で薬を受け取り、傘の返却に隣の滝沢商店に入った。

「いらっしゃいませ。あっこんにちは！」

彼女は啓太を覚えてくれた。これで傘を返したら、この店に寄る理由がなくなるなと、ちょっと寂しく感じた。

「こんにちは。ようやく傘をお返しできるので持ってきました。お待たせしてすみません」

「そうですか。どうもありがとうございます」

「いえ。こちらこそすみませんでした」

傘を彼女に手渡した。

「チサキさんていうんですか？　名前」

彼女はきょとんとしている。

「あっ、えっと。すみません。傘に……」

啓太は慌てて傘の袋の刺繍を見せた。

「あっほんとだ。気づかなかった」

彼女は照れ笑いをして
「チサキです。あたしの名前です」

刺繍の部分を指でなぞりながら更に続けた。

「おばあちゃんが縫ってくれたんだと思う。この傘、おばあちゃんからの誕生日プレゼントだったんです。いい傘じゃないなんて言ってお貸ししたけど、実はとってもお気に入りなんです」

傘を大事そうに撫でる。

「大事な傘をずっと借りててすみません」

「ううん。いいの。お父さんも気に入ってくれたんでしょ？　私も嬉しい。おばあちゃんにもこのこと話したら笑って笑って。あっ今は銀行に行っちゃっていないんだけどさ」

「そう言えば俺、子供の頃このお店に何度も来たことがあるみたいです。じいちゃんのお見舞いで」

啓太は夏子から聞いた話を思い出した。

「そうなんだ。じゃ、うちのおばあちゃんにも会ってるかもしれないね。うち、病院のド真ん前だからさ、昔はお見舞いのギフトとか快気祝いとかも取り扱っていたんだよ。今はもうギフトはやめて単なる雑貨屋だけどね」

その後も少し二人で談笑した。
おばあちゃんと一緒に住んでいるということ。
二十二歳だということ。
短大を卒業して店を手伝っているということ。
相撲観戦が好きだということ。
イルカグッズを集めてるということ。
洋菓子より和菓子が好きだということ。
美術館や博物館巡りが好きだということ。
それと
付き合ってる人はいないということ。
「あっそうだ！　ねぇ、君も名前教えてよ！」
啓太はドキッとした。
「森下……啓太です」
漢字もきっちり説明した。
「ねぇ、この傘やっぱり持っていって欲しいな。で、また返しにきてくれる？

啓太君」

名前を呼ばれて啓太は顔が熱くなった。そしてそっと手を伸ばし緊張しながら再び傘を受け取った。

「また遊びに来て、啓太君」

その言葉は啓太の心で何度も響いた。


「やべ。好きになりそうかも」

傘をわざと貸してくれた。

「それはつまり、また、店に行っていいのかな」

少しばかり期待した。


推しの力士はいるのか。

イルカグッズも気になった。

どんな和菓子が好きなのだろうか。

お気に入りの美術館はあるのだろうか。

「マジで心臓に悪い。やっべ」

胸元に手を当てながらそう言うも、淡い恋心が芽生えていたのは間違いなかった。


一学期の期末テストが終わり、いつもの仲間たちが啓太の席の周りに集まってきた。

「テストやーっと終わったねー。もう最悪。明里はどうだった？」

美久が明里の顔を覗きこんだ。

「あたし今までテストが戻ってくるのが楽しみになったこと一度もないし」

「あはは！　確かにあたしもだ！　そう言えば明里、夏休みどうする？　どこか遊びに行こうよ。それとも岡嶋くんとお出かけするの？」

「特にまだ何も。でもみんなで集まれるといいね。コロナにあんまり振り回されないところでさ。ただちょっと夏期講習があるからあんまりしょっちゅう遊べないね」

「ですよねー」

美久が頬を膨らませ口を尖らせていた。

「森下君はどうするの？　夏休み」

「俺？　俺は勉強一本だよ。夏期講習どころじゃないよ。補習だよ。何だかんだ休んだ日が多かったし、やべぇマジで」

一学期の出席日数はギリギリに近かった。

「そっか。でもよければどこかで会おうよみんなで。息抜きに」

「そうだなー。俺もここのところ断ってばかりだったもんな。岡嶋も坂口もどう？　あっでも俺、あんまり人混みはやだな。何かあったら医者に怒られる」

「俺もいいよ。決まったらＬＩＮＥしてよ。最後の夏休みだもんな！」

文也はジェイクと漫画を読みながらそう答えた。

「最後の夏休みか」

一学期の終業式後、啓太は買い物のため滝沢商店に向かっていた。ホームセンターやコンビニで購入できるようなものだが、少しでもチサキに会いたかった。

「あっついなー。ちょっと前まで晴れた日なんてろくになかったのに。梅雨明けするのかな」

日差しが強く暑い日だった。啓太は汗をかきながら滝沢商店の扉を開けた。軒先にはプランターのミニひまわりと赤いサルビアが、久しぶりの太陽の日差しを浴びて元気いっぱいに咲いている。

「こんにちは。いらっしゃい啓太君！」

名前を呼ばれて緊張した。何となく制服のネクタイに手をやった。チサキは淡いピンクのワンピース姿でひょこっと店に姿を現した。ワンピースがよく似合っていた。その姿に啓太は鼓動が激しくなった。

「こんにちは。あの、今日は大学ノートが欲しくて」

「はい、文房具は右の棚の下にあります」

「あ、ありました。ありがとうございます」

「勉強ですか？　受験生なんだっけ」

「受験勉強ならいいのですが、俺の場合赤点補習で。病欠で出席日数ギリギリで」

へへへと笑ってみせたが
「え？」

チサキは聞き返した。

「俺、小さい頃から気管支があんまり丈夫じゃなくて、ずっとそこの病院にお世話になってたんだけど。どうしても冬場や季節の変わり目がだめで。ガーッと何日も何週間も休むことは年に一、二度くらいであまりないんだけど、チビチビ咳き込んだり熱出したり。このパンデミックに咳なんかしたら誤解されそうで、そこが大変」

何をべらべらしゃべっているのかと、啓太は慌てて口を閉じた。

「でもどうにか日常生活は送れるんだね」

少しだけ笑って頷くと
「そっか。でも日常生活を送れるならちょっとホッとした。世の中には病気を治したくても手の施しようがなくて治せなかったり、手術を受けたくても受けられない人だっているし……。手遅れのひどい病気じゃないなら安心した」

啓太は下を向いた。

「……うん。今すぐ命がどうこうという病気ではないので。そうですね。世の中には命に直結する病気の人もいますもんね」

　啓太は少し恥ずかしくなった。同学年の生徒と自分を比べては「何で俺ばかり」と自分が一番かわいそうなのではと思ったりしていた。

「ううん。ごめんなさい。啓太君は啓太君の悩みがあるのに。わかったようなことを言って。前に啓太君が来たとき、ちょっと気になったんだ。今日は病院じゃないって言ってたから。あ、これお見舞いじゃないんだなって思ったの。まぁよく考えれば、今はどこの病院もコロナで面会は難しいじゃん。だからそうじゃないなら、部活で怪我でもしたのかなって。まさか呼吸器系の病気だなんてさ。でも大変だよね。病気とうまく付き合える人ってなかなかいないよ」

「病院じゃない日……あぁ、学校から来た日のことかな」

　良介が傘を使って、頭を下げに来た日の話だ。啓太は首を傾げた。

「うん。そう言った。覚えてない？」

「記憶にございません」

「あはは！　言ったよー」

「記憶にございません」

目を細め、口をへの字にしてみせる。

「わはは！　何それ変な顔！　ウケる！」

チサキは手を叩いて笑っている。

「失礼な。人の顔見てバカウケなんて」

「あっははは！　ごめんごめん！　ああ、もうこんなに笑ったの久しぶり。涙出てきた」

チサキはまだ笑っている。今しがたの湿った空気が、明るく陽気な空気にすっかり入れ替わった。

その日、梅雨が明けた。夏が始まった。


啓太は夏休み、補習を受けるために学校に来ていた。とぼとぼとやる気なさそうに向かった。学校近くまで来ると、野球部の金属バットの快音が蟬の声と一緒に聞こえてきた。野球部は甲子園の地区予選をチビチビ勝ち上がり、準々決勝まで駒を進めていた。次の試合は二日後に控えている。

「暑いな」

席について教材を開いた。滝沢商店で買ったノートも準備した。

啓太はぼんやり仲間のことを考えた。今頃みんなは大学目指して夏期講習だろうかと。

文也は地元の大学へ進学する予定だった。

ジェイクは来年の秋からカナダの大学だった。

美久は保育士志望。

明里は家から通える短大だった。

啓太は卒業が精一杯だった。

卒業がギリギリの啓太は卒業後のことまで決まっていなかった。

……チサキさんはこれからもずっとあの店にいるのかな。

教師の話は右から左へと流れ出た。世界史だった。ノルマン朝の話だったが少しも脳内に残らなかった。ぼんやりと窓の外の青い空と大きな入道雲を眺めた。蟬の声が響いた。

授業が終わるとＬＩＮＥが入っていた。

来週の土曜日にみんなで遊園地に行こうと言うことになった。

五人グループのため、コロナ禍の今、飲食店やカラオケというわけにはいかなかった。

土曜日はあっという間に来た。朝から暑くなりそうな日になった。バッチリの夏空だった。

「よーし！　最後の夏休み！　遊ぶぞー！」

いつもの調子で文也は張り切る反面、普段学校ではあまり見せない明里との空気感に、啓太達三人はたじろいでしまった。手を繋ぎ時々見つめ合っては幸せそうに話していた。

「何だかこっちが恥ずかしいんだけど」

たまらず美久が顔に手を当ててぼやいた。

「いいよ。あいつらは自由にさせてやろうや。俺達は俺達で最後の夏休みの思い出作ろうぜ。さっ、何乗る？　森下、駄目な乗り物あるの？」

「坂口は人をまとめるの上手いな。俺、別に心臓が悪い訳じゃないから何でもイケるよ。悪いな、気ィ使わせて。あーでもコーヒーカップ。アレ、ダメだな。

ゲッてやるかも」

「えー褒められるとは思ってなかった。照れるじゃねえか！　いいよ。もし森下がゲーッてやっても俺、全力で看病するわ」

三人に笑いが起きた。

「お前ら変なとこ行って、変なことすんなよ！」

ジェイクは少し前を手を繋いで歩く文也と明里の二人にも突っ込むと、文也がパッと振り返り
「保護者かよ！　つーか、変なことをしない、考えない男子高校生がどこにいる！　俺は健康な高校生だ！　だいたいな、俺達付き合ってんだぞ！」

と、反論するとすかさず明里が
「バカ!!」

と文也に一撃を入れた。

美久は二人に聞こえないくらいの小声で
「ありゃ観覧車でチューかな」

とボソッと呟き、啓太は思わず吹き出した。

アトラクションを一通り楽しみ、木陰になっているベンチで三人は少し休憩した。

「外は暑いね」

啓太が空を仰いで呟いた。

「コロナじゃなければねー。もっと涼しい屋内のところに行きたかったんだけどね。五人だからねうちら。そこがね」

「あー暑いわ。俺、飲み物買ってくる。ここで待ってて。何がいい？」

ジェイクが立ち上がって財布を取り出した。

「サンキュ。俺コーラ」

「じゃああたし、オレンジ」

「了解」

「ありがとう。レシートもらってきてね」

「おう」

啓太と美久はベンチに残された。

しばらく沈黙が続き、美久は口を開いた。

「岡嶋くんて優しいんだね。てっきりただの元気のいい男子だとばかり思ってたよ」

「ハハハ。俺も」

「明里、幸せそう」

「うん。あんな二人、俺も初めて見た」

またしばらく沈黙が続くと、美久に質問された。

「……森下君は好きな人いないの？」

「えっ？」

突然そんな質問が投げられるとは思ってなかった啓太は、ドキッとした。

好きな人。

パッとチサキのことが頭に浮かんだ。

啓太はしばらく口を開けたまま、美久の顔を見続けた。

「森下君あのね、あたし……」

美久はバッグの紐をキュッと握りしめ、そして目を潤わせ

「森下君が好き……」

小さく囁くように言った。

心臓が強く打った。まさかと思った。美久から視線を反らすことができず、長いこと沈黙の時間が過ぎた。気が遠くなりそうなほどだった。やがてじわじわと蟬の声が耳に入ってきた。

「あのさ、俺……」

やっとの思いで口を開くと
「お待たせー」

少し離れた所からジェイクの声がした。ハッとした啓太は慌てて彼のもとに駆け寄り、コーラを受け取った。

「柳田お前、顔、赤くね？　ホラ。オレンジジュース。冷やせ。やっぱり真夏の屋外はやべぇな。熱中症になったらいけないからもっと涼しい所に移動するか」

ジェイクが美久の顔を見てストローの刺さったドリンクを渡した。

「う、うん。そうだね。ありがと。暑いね本当に」

「大丈夫か？　涼しい所行く？　お化け屋敷とか」

ジェイクが冗談を飛ばすと美久はいつもと変わりなく笑った。

啓太のその日のその後の記憶は何もなかった。帰宅後に歌歩からお土産をせがまれたくらいしか頭に残っていなかった。

「柳田……」

美久とのあの日のシーンを思い出すたびに申し訳なくなった。

そのような気持ちで自分を見ていると思わなかった。

坂口のほうが頼れるし、英語もペラペラだし。坂口のほうがお似合いだろう。

何より健康だし。

そこまで考えて啓太はハッとした。

「でもそれって」

チサキと自分に置き換えてみた。

年下で、病弱な俺なんかダメだなきっと。もっと頼り甲斐のある逞しい人がいいだろうな。何せ相撲が好きなくらいなんだし……

啓太は遊園地に行った日のことをずっと考えながら病院に向かった。

八月の電車は制服を着ている若者より私服の若者が多かった。

電車を降りて汗をかきながら病院近くまで来ると、何やら嫌な予感がした。

「あっ、あーマジかぁ……夏休みかなぁ」

滝沢商店はシャッターが下りて「本日休業」のプレートが出てた。

「まぁしょうがないや。お盆明けたばかりだもんな。まだ休みの店があっても不思議じゃないよな」

少しでもチサキの顔を見たかった啓太は肩を落とし、受付を済ませた。病院はクーラーが心地よく涼しかった。この日は診察後、真っ直ぐ帰宅した。

そしてそのまま大きなイベントもなく補習を受けながら夏休みが終わった。


夏休みが終わるとより一層受験モードが強まったように見えた。いくら並の偏差値の高校とは言え、次第に休み時間も勉強する人が増えた。

「おはよう」

啓太に声をかけてきたのは美久だった。

「あっうん。おはよう」

ドキッとした。一瞬で遊園地に行った日のあのシーンが甦った。

「あのさ、ごめんね。森下君。こないだのこと、気にしないで。ちょっとどうかしてたよ。せっかく皆で遊べたのに、変なことに気を回させちゃったね」

「あ……いや、でも……」

「いいのいいの。暑さにやられちゃってたのかな。明里たちのこと見てて、ちょっと焦ったのかも。あたし、大丈夫だからさ。ホントごめんね！　大事なときに」

そう言い残して美久は教室から出て行った。

九月の天気は変わりやすかった。今日はすっきり晴れず、あちこちに雲がかかっている。

「……こないだ会えなかったんだよなぁ」

空を見上げながらボソッと言うと
「誰に？」

背後から声がした。びっくりして慌てて振り向くと、何かを含んだような顔をした明里がいた。

「あっ……たっ橘……いっ、いつからそこに」

「こないだ会えなかったんだよな、より前から」

明里は表情を変えることなく答え、さらに続けた。

「森下君、好きな人いるんだ」

黙りこんでしまった。橘は自らこんな話をし始めたのだからきっと事情を知っているのだろうと、思い切って聞いてみた。

「橘、あのさ。こないだ遊園地に行ったときにさ、柳田が……」

「うん。聞いた」

ああ、やっぱりかと、啓太は手で顔を被った。

「あのさ、いつから？　俺、全然気づかなくて。無神経なことしてなかったかな」

「何となく打ち明けられたのは去年。五人でつるんで遊ぶようになって、結構経ってたよ。あたしたちが付き合い出すちょっと前だったかな」

「そうだったんだ。あー、マジか」

「ああいう子だからさ。表向きは明るくしてるけど、カラ元気だよ。ちゃんとお返事してあげてね。当然だけどあたしからは何も言わないから。ちゃんと森下君の口から伝えて」

「わかってる。本当にごめん」

「フフッ。何であたしに謝るのさ？」

「ご面倒おかけしました。あとは自分でがんばります」

ペコッと頭を下げた。

「あーっ!!　岡嶋！　お前の母ちゃん、浮気してるぞーーー！」

啓太は驚いて声がするほうを見ると、教室の隅からクラスメイトの男子が啓太を指差していた。

「このやろうッ離れろ!!　てめぇ人の女に何してやがる！」

文也が突進してきて啓太をヘッドロックし、頭をくしゃくしゃーっと撫で回した。

「バカ」

明里が呆れたような顔をして二人を見ていた。

クラス中から大爆笑が起きた。


あ、今日は営業してる。良かったと啓太は胸を撫で下ろした。滝沢商店には時折顔を出すようになっていた。マスクなどを買ったりしたが、買い物はしたりしなかったり気まぐれだった。

ただ、会いたいだけだった。

店の奥からトコトコと足音が聞こえた。

今日のチサキは黒と白のチェックのロングワンピースだった。いくらかスリムになったように見えた。

「啓太君。いらっしゃいませ」

「こんにちは。……少し痩せました？」

「あー先月ね、友達と海に行こうって話が出てね。水着、似合うようにちょっと頑張っちゃった」

チサキがへへっと笑う。

「ダイエットですか」

すると少しばかり寂しそうな顔をした。

「でも結局、行かれなかったんだけどね」

「そうだったんですか、それは残念でしたね」

チサキは二段の踏み台をレジ横に置き、その上に菊模様の座布団を乗せた。

いつしか啓太の専用席になっていた。チサキは祖母の店番専用の丸椅子に座った。

「はい。啓太君、ここ。時間大丈夫？」

「ありがとうございます」

小さくお礼を言った。

「俺、ストーカーみたいですね。いつもいつも」

「アハハ！　何言ってるの！　逆、逆！　あたしがいつまでも傘を持たせて、この店にわざと来るように仕向けてるんだってば」

チサキがフォローするように言った。啓太は少し嬉しかった。

「この時間になるとね、天気のいい日は西日が入ってお店がオレンジ色になるの。綺麗でしょ」

チサキが橙色に染まった店を見渡してレジカウンターに頬杖をついた。啓太はドキッとした。いつになくチサキが儚く見えた。このまま消えてしまうのではないかという気さえした。

啓太はゆっくり踏み台の即席椅子に腰掛けた。

「啓太君、体調どう？　夏バテしなかった？」

「はい」

「次の診察はいつ？」

「来週の木曜日だったかと。その時また寄ってもいいですか？」

「……うん。待ってる」

啓太は少し照れた。再びチサキが話しかける。

「夏休み、どうだった？　どこか出掛けた？　楽しかった？」

その問いかけに一瞬で美久とのことを思い出した。

「えっ！　うん、はっはい。ま、まぁ」

上手く返事をしたつもりだったが、チサキを騙すことはできなかった。

「何かあったな？」

「エッ、いやっ！　何もっ！　本当に何も！　毎日補習ばっかりで」

「慌て方が怪しいなぁ」

チサキに横目で見られる。

「いいじゃん。そっかそっか。青春だね！」

「いやっあの、チサキさん」

「！」

チサキが急にポカンと口を開けた。

「なっ、何？　何すか？」

「初めて名前を呼んでくれた気がする」

「えっ？　そうっすか？」

「うん」

「全然気にしてなかった」

チサキがニッコリ笑って
「嬉しい。嬉しい」

啓太は顔が火照るのを感じた。でもそれは、西日のせいもあるだろうと勝手に思った。

「啓太君。今の時間、大切にしてね」

「？　はい」

「いいな。本当に青春だ。あたしも啓太君と一緒に学校に通いたかったな」

啓太の心臓が一回強く打った。

「マジで？」

そりゃ通えるものなら通いたいと啓太も思った。

「ハハハ。本当に一緒に通いたい。それでくっだらないこといっぱいして遊びたい。部活もやって、啓太君みたいに勉強しないで学校帰りに寄り道しちゃう」

「嫌味っすか？」

見事な指摘に膨れっ面で言い返した。

「それで啓太君みたいな……」

啓太はチサキのセリフに大きく反応した。チサキは途中まで言いかけてやめた。

「……俺……みたいな？」

啓太は聞き逃さなかった。真剣な眼差しでチサキを見た。啓太は高校生という立場をすっかり忘れてチサキを見つめた。

チサキも見つめ返した。

無言の空気が流れた。

柱時計の振り子の音だけが聞こえた。振り子は何度も何度も往復した。二人はずっと見つめあったまま微動だにしなかった。

「……俺みたいな、何？」

啓太はそっと聞き直した。

チサキがハッとした顔をした。

「啓太君みたいな人に掃除とか面倒くさいこと全部押し付ける」

「やだよ！」

チサキが声を出して笑う。

緊張した空気がほぐれた。

啓太はちょっと期待してしまった。俺みたいな彼氏を作る……のようなニュアンスのことを。

しかしすぐにその思いを脳内から消した。相撲が好きなチサキがこんな病弱な自分を選ぶわけがないと。

「チサキさんの高校時代ってどんな感じでした？」

「あたし？　仲間とバカばっかりやってたよ〜。先生のことからかったり。こっそり変なあだ名つけてさ。部活は茶道部なら和菓子食べられるかもって思って入ってたよ。でも本当にお菓子食べて騒いで終わっちゃった」

懐かしそうに話すチサキに啓太はもうひとつ質問をした。

「………彼氏は？」

再びチサキを見つめた。チサキは啓太から目を反らし少し間を置いて

「……いたよ。同じクラスの男子。卒業してからしばらくして別れたけどね……」

小さく答えた。

「そう……」

九月の夕陽が店と二人を柔らかく包む。

外から子供たちの声が聞こえてきた。

……逞しい人だったのかな。

聞けなかった。その彼が自分とは程遠い人な気がした。

店内は橙色から次第に黒に染まり出した。

「柳田」

啓太は昼休みに美久を呼んだ。

「森下君。どした？」

「ちょっといい？」

啓太は美久を連れて図書室に入った。図書室では数人の生徒が本を読んでいた。黒縁眼鏡の男子生徒が、分厚い本を胸に抱えて出ていった。啓太たちは図書室の奥へ進み、窓辺の席に隣り合わせで座った。外は綺麗な秋晴れだった。

「柳田、あのさ」

「……」

「俺、ごめんな。柳田の気持ちに気づけなくて。本当にごめん。こんな俺なんかを気にかけてくれて本当にありがとう……マジで嬉しかった」

美久は黙ったまま俯いていた。

「柳田は……明るいし、マジで言うことないよ。一緒につるんでてめっちゃ楽しいしさ」

啓太は途切れ途切れになりながらも、何とか言葉を絞り出した。

「なんだけど……俺、俺さ……柳田は仲間だと思ってて……。そういう存在で……その……彼女って考えたことなくて……」

美久はようやく頭をあげた。

「ごめん」

啓太は丁寧に頭を下げた。

「……いいよ。大丈夫」

パッと美久の顔を見た。

「ごめんね。あたし、森下君を好きで本当に楽しかったし、幸せだった。すぐに気持ちの切り替えはできないかもしれないけど、ちゃんとケジメつけるからそんな申し訳なさそうな顔しないで」

啓太はホッとした。

「……ありがとう。ごめんな」

「ううん。あたしこそ。でも、一つお願いがある」

「うん。なに？」

「友達でいようね」

美久は目に涙を浮かべ、声を震わせ啓太に伝えた。

「もちろん。俺なんかでよければ」

啓太は笑顔で答えた。緊張していた空気がゆっくり和らいだ。

「じゃ、俺、先に行くわ」

ガタッと椅子を鳴らし席を立った。

「森下君」

歩き出そうとした啓太を呼び止めた。

「好きな人……いるの？」

啓太は美久の顔を見て
「望み薄だけどね」

一言答えた。

「そうだったんだ……」

美久がきれいに晴れた秋空を見上げた。そして瞳にいっぱい溜まっていた涙が溢れ出し頬を伝い落ちた。

啓太はそっと図書室を出た。


この日の診察日は朝からよく晴れていた。十月になり、秋本番のシーズンになった。外の景色の色合いが赤みを増してきた。

小平先生は少し白髪が増えた。

「森下さんコントロールできてるみたいですね、少し通院の間隔を空けてみることも考えましょうか？　三年生だし、学校に影響が出ても困るよね」

正直、出席日数は首の皮一枚。常に綱渡りで、少しでも通院日が減らせるならありがたい話だった。通院はあってもなくてもチサキには時々会いに来ていたので間隔が空いてもそこは問題なかった。

「はい」

「でも、油断しないこと。具合悪いときは我慢しないこと」

「わかりました」

「これから寒くなるからそこも注意してくださいね」

「はい。ありがとうございます」

これで少しでも出席日数が増やせたら気が楽になると啓太は思った。

診察後、いつものように滝沢商店に向かった。今日は歯みがき粉を買う予定で来た。

ギシギシと音を立てて扉を開けた。

「こんにちは」

「はい。今出ます」

男性の声だった。

いつものチサキとは違う重みのある足音が近づいてきた。

「いらっしゃいませ。ちょっとお待ちくださいね」

「あっあの……」

考えてみれば当然のことだが、チサキ以外の誰かが店に出ることだってある。

この日は二十代くらいの若い男性が店に出た。男の啓太から見てもなかなかのイケメンだった。お兄さんだろうかと思ったがすぐにそれは違うことがわかった。

「ちょっと直君、勝手にお店、あたしが出るのに」

「大丈夫。お客様の対応くらい俺もできるって。ちょっと待っててもらってるから」

直君……

お兄さんじゃなさそうだ。

じゃあ……

頭がグルグル回り出した。付き合ってる人はいないという話だった。でもそんな話はいつでも状況が変わる。

ハァハァと息を切らしながらチサキが店に顔を出した。

「ごめんね、啓太君。お待たせ」

「こちらの方は……」

啓太はチサキに尋ねたが、男性は自ら名乗った。

「チサキの同級生の兄の橋本直紀です。はじめまして」

身内じゃない男性ということに、啓太は体が固まった。

「……はじめまして。森下と言います」

啓太もボソッと名前を言った。

「ごめんね、啓太君」

「忙しいんですか？」

「そうなの。ごめんね！　バタバタして。うち、男手がなくってさ、いつも高いところの仕事や力仕事は直君にお願いしてるの。高校のときの友達のお兄ちゃんなんだけど、おばあちゃんが直君の大ファンでさ」

「……そうですか」

啓太は全く空気に入り込めずにいた。

そんなの俺だってやるのに。俺じゃダメなのか。

啓太はちょっと嫉妬した。

更に直紀が話を続けた。

「お前は俺のファンじゃないの？」

「あたしは稀勢の里」

「まだ稀勢の里か！　お前、ずっと稀勢の里、稀勢の里って」

「めっちゃ強かったんだから！」

「あと、最近だと炎鵬と宇良」

「めっちゃドキドキするお相撲するんだから！」

チサキが口を尖らせて言い返している。

「で、今はこの啓太クンがお気に入りなわけなんだな、チサキは」

直紀がチサキの顔を覗き込み、頭をポンポンと軽く弾むように叩くと目尻を下げた。

「やーめてよーもう！　直くんのバカ！　啓太君のいる前で。恥ずかしいでしょ！　あとで麻友に言い付ける」

チサキが困った顔でそう言うと、直紀が頭を掻いた。

「それやめて。最近アイツ怖ぇんだよ」

二人で盛り上がっていた。啓太の知らないチサキの世界がそこに広がった。

啓太は自分がそこにいる意味を見つけられなかった。

「じゃ、俺は引っ込むから、啓太クン、ごゆっくり」

直紀がそう促すも
「いえ。俺、もう帰りますんで」

ピシッと空気にひびを入れた。

「お邪魔しました」

〝お邪魔〟の部分を少し強調した。

「啓太君」

「ああ、そうだ」

啓太はリュックを下ろし、中に手を突っ込むと、ずっと借りていた折り畳み傘をレジカウンターの上に置いた。

「傘、お返しします。長いことありがとうございました」

「え？　待って待って啓太君、これは」

「もう、必要ないんで」

一刻も早くその場から立ち去りたかった。

「じゃ、失礼しました」

「啓太君……」

チサキの声がしたが、振り向きもせず歯みがき粉も買わず店を出た。

啓太は自分の入り込める隙間なんてなさそうだと悔しくなった。

そしてやはり、大人には大人が似合っているということも。

体の弱い高校生なんか話にならない。そんなことはわかっていた。それでもやはりどこかでちょっと期待していたところもあった。

しっかりフラれたわけではない。だからと言ってしっかり好かれてる確認をしたわけでもない。

啓太が勝手に浮かれて勝手にへこんでるだけだった。

とはいえ、好きでもないのに友達抜きで、兄だけ家に呼ぶことに疑問を感じた。

啓太はあの店に行くのがちょっと楽しかったために、今回の直紀の存在はなかなか衝撃が大きかった。

「何だよ、おばあちゃんのこと引き合いに出して」

モヤモヤとしながら駅へ向かって歩いたが、急に足が前に出なくなった。

「好きなのかな、あの男のこと……」

啓太なりの結論にたどり着いた。

空を見上げて大きく息を吐いた。スッキリとした秋晴れだが、啓太の心には厚い雲がかかっていた。


夏子が天気予報を見て嘆いていた。

「やーだ。台風が来るみたいだよー。コロナに台風に、一体何から身を守ればいいのかしらね」

今日の夕飯は栗ご飯にきのこ汁、それとサンマの塩焼き。秋の定番メニューだった。

「ホントだ。いつ？　上陸しそうなの？」

歌歩もつられて天気予報に目をやった。

「まだどの辺を通るのかハッキリしないみたいだけど、日本に来る前にショボショボになってくれるといいねぇ。そうじゃなければサーッと通り過ぎてって欲しいわ」

何だ、台風にショボショボって表現は。

啓太は二人の会話を黙って聞いていた。

「この栗ご飯美味しいねー！」

「本当に？　それなら良かった。歌歩が褒めてくれるなら間違いないね。おかわりあるからね。いっぱい炊いたから」

歌歩の胃袋を摑んだ栗ご飯は、ゴロゴロと大粒で黄金色に輝いた栗が茶碗のご飯の中からピョコピョコと顔を出していた。良介はサンマで一杯飲んでいる。

「お父さん、今年のサンマはどう？　ちょっと高かった気がするんだよね」

「そうなの？　でも、うまいよ？」

「まずいなんて言わせないけどさ」

「怖いなぁお母さん。オレ、何かした？　でも、美味しいよ。本当に」

台風……

啓太は少し落ち着いていた。

もっと悔しくて悔しくてそれこそ台風のように荒れまくるのかと思ったが、今、帰宅して食欲もちゃんとあった。意外と冷静でいられた。

どこかで覚悟していたのかもしれない。チサキの相手が自分ではないということに。常々気になっていた。確かに少しはチャンスがあるのではないかとも感じた。でも自分は年下で、まだ子供だということと、体が丈夫じゃないということ。彼女には自分の知らない世界が無限にあること。上手くいかないかもしれないからとあえて百パーセントでエンジンをかけなかった。

それなら傷も最小限で抑えられる。すぐにブレーキもかかる。

いつまでも引きずることもない。一過性のものだと。

「そうだよ……サーッと通り過ぎて行けばいいんだよ……」

「お兄ちゃん、もう台風の話は終わったけど」

「ハッハッハ！　啓太は相変わらずだなー」

良介は大声で笑った。啓太は考えていたことが、口から出てしまったと恥ずかしくなった。慌てて栗ご飯を掻き込んだ。

「母さん、ご飯、おかわり」

「はいよ。いっぱい食べて」

「ちょっとお母さん、俺の分も残しておいてよ？」

「わかってるわよ。子供みたいなこと言わないでよ。オヤジがーもう」

良介がサンマをつまみながら夏子に訴えた。夏子が禿げかかった良介のおでこをペチと叩いた。

それ以後、啓太は滝沢商店に行くことはなくなった。


教室内は受験の話が増えた。特に大学を推薦で受ける人の緊張感は、出席で精一杯の啓太にもビシビシと伝わってきた。

啓太は体調のコントロールができて、順調に登校していた。とは言っても受験の準備をしていなかったので、今年度はどこも受験するつもりはなかった。とにかくこれ以上欠席を増やさないことだった。

「森下、お前、卒業したらどうする?」

文也が物理の問題集を開きながら言った。

「浪人てやつかなぁ。学校に来るのがいっぱいいっぱいだったから、自分が何が好きで、何が苦手なのか、自分でもまだわかんなくて」

「俺もなー。ストレートで合格できるかわかんないしな。そしたら一緒に浪人生やろうぜ！」

「それなら俺も心強いわ。でもお前は頑張れよ。なに、浪人前提で話すんだよ」

「おうっ！」

啓太は何となく仲間の将来を想像した。

（岡嶋は元気で優しくて頼もしいから小学校の先生とか似合いそう）

（坂口はきっと英語を活かした仕事なんだろうな）

（柳田は保育士だし。いつも笑顔で明るいから子供達にも好かれるだろうな）

（橘は岡嶋の奥さんか）

文也と明里の夫婦姿を想像して可笑しくなった。

「俺はまず、お前みたいな健康で元気な体と、何でも受け止めることができる心優しくてデカイ器が欲しいわ」

問題集に顔を埋めている文也を見てそう言った。

文也はパッと顔を上げシャーペンと問題集を放り投げた。

「森下ーお前はもう！　本当に褒め上手なんだからよー」

そして啓太に力強く抱きつき、いつものように頭をくしゃくしゃと撫でた。

「バカッ岡嶋っ！　お前っ離れろ!!　ソーシャルディスタンス!!」

「嫌よ！　離れたくないわ！　啓太、愛してる。チュッ」

「ぎゃー!!」

啓太の悲鳴が教室内に響いた。


啓太は文也から解放されて、二人で移動教室に向かった。校舎の外では保護者の車で登下校する生徒が車から降りていた。大抵は推薦を控えた三年生だった。啓太は相変わらず電車で通っていた。

もみくちゃにされた髪の毛や身なりを整えながら文也に聞いた。

「岡嶋、今も橘と登下校してるの？」

「あぁ。コロナが心配だから明里も車で来ればいいのにって言うんだけど、うん、そうだねって答えるだけで」

「推薦、もうすぐなんだよな」

「そうみたい」

文也は移動教室に到着すると、再び問題集を広げ直した。

「橋は頭いいから、コロナさえ気をつけて当日迎えれば大丈夫だろ」

「そうだなー。俺のほうがやべぇや。ワハハハ」

文也は豪快に笑った。

「坂口はカナダか。遠いな」

啓太は何となく遠くの空を見た。

「母ちゃんのばあちゃんちに居候だとよ。トロント」

「へぇ」

啓太は文也からの情報に何となく返事をした。周りがちゃんと将来に向かって歩き出しているのに、自分は卒業が精一杯なのが少し置いてかれた気分になった。


日が落ちるのが早くなった。

十一月になり、秋の終わりになった。街路樹の葉っぱも紅葉が終盤になり、道路に落ち始めているのが目に飛び込んでくる。

「森下さん、落ち着いてるみたいで良かったです。ちょっと間隔空けてみましょうか。ただ、本格的な冬になるからねー……」

　啓太は診察に来ていた。今のところは問題なく過ごしていた。

「はい。ありがとうございます。ただ、やっぱりこれから冬が来るのと、季節の変わり目は毎年具合悪くしているので、そこがちょっと。コロナも怖くて」

「そうだねー、あっ、本当に去年の今頃だね。五日間入院してるね。まだ、無理しないほうがよさそうかな」

　小平先生がカルテを遡り確認した。

「森下さん、どうか命を最優先してくださいね。具合悪くなったらすぐに連絡してね。今はちょっと、こういうときで、すぐに対応できるかわからないけれども」

　啓太にもその多忙っぷりは伝わった。

「わかりました。大変そうですね」

「一人でも多くの患者さんのために動きたいんだけどね。何せもう人員が足りなくて、気持ちだけじゃどうにもならなくて」

小平先生が肩を落とす。

診察が終わり、会計を待った。レントゲン室のあたりを高齢者を乗せたストレッチャーが何台も往来した。また、遠くでは点滴をした若そうな女性が車椅子に腰掛け、看護師がスーッと押して通過していった。整形外科のほうでは、松葉杖で歩行している小学生くらいの男の子が、母親らしい女性と看護師と三人でゆっくりこちらに向かってきている。院内薬局も薬剤師が入れ代わり立ち代わりで対応している。

（本当に忙しそうだな。大変な仕事だ）

啓太は会計の窓口と向かい合いのロビーから病院内をぼんやり観察した。

病院を出て処方箋を持って薬局に行った。北風が突き刺すように痛かった。隣の滝沢商店は休業日のプレートがシャッターにぶら下がっていた。でも、もう自分には関係ないと啓太は薬局を後にして、駅へ向かった。

残念なことに啓太の体調は下り気味だった。

十二月に入り、寒い日が続き、冷たい空気に触れることが続くと咳が出るようになった。たとえコロナに感染していなくても、咳が出るような状況で学校に行くのは顰蹙だった。しかし、これ以上学校を休むと卒業が危ぶまれる。

「困ったな……どうしたらいい？」

一言何かを話す毎に咳き込み、肩を大きく上下させて呼吸しないと苦しくていられなかった。夏子が青ざめた顔ですぐに病院へ電話をした。

病院から検査をするので来院できるかとの指示があり、啓太は夏子の車で病院に行った。一般の入口から病院内に入れず、隔離された場所からの受付だった。歌歩と良介も念のため自宅で待機してもらった。森下家は、最年少で十六歳の歌歩も含めて、全員ワクチン接種済みだった。

その後ＰＣＲ検査を受けるも、咳き込みがひどくあまりに呼吸が苦しく、サチュレーションも低いため、結果を待たずに入院となった。

結果、ＰＣＲ検査は陰性だったが、しばらく入院することになり、この段階で啓太は留年がほぼ確定した。

啓太は病室のベッドでただ時が過ぎるのを待った。

そんな頃、明里の短大の合格発表があったと連絡があった。明里は来春、晴れて短大生になる。啓太は祝福のＬＩＮＥを明里に送った。

年が明け、正月を迎えた。啓太は元旦を病室で迎えた。初日の出は病室のベッドの位置が今一つで見えなかった。

正月のテレビはお笑いが多かった。啓太はベッドでお笑いを見たり、駅伝を見たり、音楽を聴いたり、本を読んだりしたが、いずれもすぐに飽きてしまった。

そんな時はフラッと売店に行き一回り商品を見て、また病室に戻るという感じだった。

その後も幾度かＰＣＲ検査をしたが、いずれも陰性だった。単純に持病の症状が出てしまったということだった。

啓太はもう一度三年生を一からやり直すほうに気持ちが傾いていた。そのため退院後も学校に行く気になれず家で過ごしていた。もっとも退院したばかりで外に出る勇気もなかった。一週間に一度のハイペースになってしまった通院も、とうとう夏子の送迎付きになってしまった。

「あら、滝沢さんまたお休みだね」

ここのところ通院の度に店がしまっている気がした。

「仕方ないわよねー。コロナでさ。飲食店じゃないけど、個人で小さいお店は大ダメージでしょ」

「あぁ」

気の無い返事をした。

「今更だけど、あんたちゃんと傘は返したんだよね?」

「返したよ」

「それならいいけど」

特に何の感情もなく淡々と傘について話した。その時点でチサキの店の話は終わった。


帰宅すると文也からLINEがあった。

〝最近学校に車で来てるやつがまた増えたんだけど〟

ふんふんと読み続ける。

〝なーんか一人場違いなやつがいるんだよ〟

場違いとはなんだと啓太は不思議に思い、さらに読む。

〝青い車でさ、中に俺らよりちょっと年上の若い男が乗っててさ〟

確かにそれはちょっと浮くかもしれないと啓太は思った。まず、青は目立つし、だいたい母親の送迎が多い。誰かのお兄さんだろうか、それとも彼氏か。

そのときピコンと電子音が鳴った。

〝柳田と明里が「あの人めっちゃカッコいいんだけど！」ってキャーキャー言ってんだよー。森下助けて。俺、明里に捨てられそう〟

いつも元気印の文也らしからぬ、涙で顔面大洪水の泣き顔のスタンプが最後に届いた。

「ぶわっはっはっは！」

啓太は大笑いした。

〝橘は大丈夫だよ〟

と返信した。

急に仲間に会いたくなった。

夏子に
「やーだあんた親父みたいな笑いかた。下品ねぇ。お父さんみたい」
と言われた。それはそれで良介に失礼な気もするが、構わず笑った。

二月に入り、公立の前期試験やコロナもあり、休校や分散登校などで校舎内に生徒の姿が少ない日が多かった。

啓太は月に二度のペースで通院していた。四月からのやり直しの三年生は何が何でも卒業したいと決心していた。

昨夜も歌歩に
「もう一年留年してあたしと同学年しよっか！」

と言われ、それだけは避けたかった。

チサキの店に寄ることはなくなった。隣の薬局で薬を受け取りそのまま夏子の運転で帰宅した。シャッターが下りてるとかいないとか、いちいちチェックもしなくなった。

もうすぐ春が来る。雪解けの隙間にオオイヌノフグリがポツリポツリとブルーの花を咲かせている。

いよいよ卒業式の日が来た。

三月だというのにまだまだ寒い日が多く、この日も雪が降った。庭のほころび始めた梅の蕾に雪が重たそうに被っていた。

無論、啓太は学校に行かなかった。卒業式をこっそり見に行こうかとも思ったけどやめた。年間行事は悉く中止されたり縮小された。おそらく卒業式も簡素化されてるに違いないと察した。それならこのままそっともう一年やり直そうと思った。文也たちの大学の合否もわからなかった。敢えて情報を得ることもしなかった。それでも何となくクラスメイトと過ごした三年間を思い出していた。あっという間だったと啓太は物思いに耽った。

数日してからＬＩＮＥが入った。明里からだった。ここのところはＬＩＮＥも放置していた。未読がいくつもあった。

〝久しぶり。体調どう？〟

〝美久が東京に行くから、最後に見送りに来られない？〟

「え？」

びっくりした。

保育士になりたいと言ってたのは知ってた。でも、てっきりこの辺の短大か専門学校に進学するものだと思っていた。

すぐに返事をした。すると直後に既読が付いた。

〝来週の月曜日。体調が良ければ十一時に駅に来てね〟

「行くよ、行かれる」

月曜日も肌寒い日になった。駅にはすでに全員揃っていた。

「あっ、森下君、久しぶり。今日はありがとね」

明里が軽く手を振った。

「森下ぁぁぁ！　心配したんだぞー！　何だよバカヤロウ！　会いたかったじゃねーかぁぁ！」

文也が涙目で抱きついてきた。

「はは、悪い……心配かけた」

つられて啓太も涙目になりそうだった。

「喜べ、俺も浪人だ！　来年一緒に受験しような！」

「おう」

文也と握手した。

「俺もまだしばらくは日本にいるからさ。それまではよろしく頼むよ」

ジェイクに肩をポンポンと叩かれた。

「そっか。外国は新年度のスタートが違うんだっけ」

啓太はそう言いながら目を横にやった。

「柳田……」

「森下君。来てくれてありがとね。体調はどう？　無理しないでね」

「うん。ありがとう。合格、おめでとう。知らなかったよ、東京に進学するなんて」

「だって教えてないもん」

「何だよそれ」

啓太が笑う。

その場の空気に気がついた明里が文也とジェイクの二人の上着の袖をクイクイッと引っ張って後退りした。

「え？　何よ？　どういうこと？　明里、説明しろや？」

「どういうことってそういうことよ」

文也は明里に引きずられて啓太からどんどん遠ざかっていった。

たちまち啓太は美久と二人になった。

急に静かになった。啓太がたどたどしく話しかけた。

「あっえっと、家族は？　見送りに来てないの？」

「もうホームに行ってる。荷物の見張りしてるよ」

「そっかそっか」

へへと照れ笑いをした。

「あの、柳田、俺に言われてもアレかもしれないけど、体に、コロナに気をつけて頑張って。柳田だから子供達の人気者の先生になるんだろうなあ。目に浮かぶよ。応援してる」

「ありがとう。森下君も頑張って」

「うん、ありがとう」

啓太は軽く頷いた。

「上手くいくといいね、森下君」

「え？」

「望み薄なんて言わないで、ね」

チサキとのことだ。

「うん。そうだね」

啓太は何となく返事をしたが、そのうちまた次の恋が始まればいいと自分に言い聞かせていた。そもそも、あまり恋愛に積極的になれる気がしていなかった。たとえまた恋をしても、自分からは何も意思表示せずに終わる予感さえしていた。

「本当にありがとね」

美久は今までで一番の笑顔を見せた。

「おーいみんな！　そろそろ行くね！」

美久の呼びかけに明里達が再び集まった。

「また会おうな！」

「うん。みんなも元気でね」

最後五人で写真を撮り、美久を見送った。


啓太達は駅を後にした。

「じゃ、俺もここで、またなんかあったら声かけて！」

駅を出てすぐの交差点でジェイクと別れた。

文也と明里にくっついている啓太は引け目を感じ
「じゃ、俺もそろそろ」

とボソッと切り出すと、明里に一発食らった。

「森下君、美久はあなたの幸せを心から願ってる。わかってるよ、森下君のことだから、俺よりいい男がいるはずだからとか言って、一歩後ろから様子を窺っているんでしょ。でもさ、誰が決めたのそんなこと。本人が森下君に直接言ったの？」

文也はまた蚊帳の外になっていた。

「いや……そうじゃないけどさ」

「それでもギア全開にするの、やっぱり難しいのかな」

明里が啓太の顔を覗き込んだ。啓太は黙りこんでしまった。

その通りだと思った。

だって、病気持ちで、まだ子供で、ギア全開にしたって彼女に想いが届く気がしないのだから。年の数も埋まらないのだから。いつだって一歩引いてた。

本当は好きなくせに。

会いたいくせに。

明里は微動だにせず、そして付け加えた。

「嬉しいと思うけどなあたしは。綺麗事抜きで、自分のことを一番に想っていてくれる人がいるのって」

明里はチラッと文也のほうを見た。

「森下君はどうだった？　美久の気持ちを知ってさ」

それはもちろん嬉しかった。こんな自分を見ててくれたのかと。少し面映ゆいような、何とも言えない気持ちになった。啓太は夏の遊園地を思い出していた。

無理矢理押し込んでいた想いが少しずつ溢れてきた。

(こんな俺でも嬉しいかな。勇気出してみていいのかな)

考えてみれば行って帰ってくればいいだけだった。それでただの客として、今までみたいに買い物すればいいだけだった。もともとはそういう出会いだ。ダメならダメで事実を受け入れて綺麗さっぱりできる。

啓太の心がじわじわと熱くなりだした。

「岡嶋」

文也が中途半端に返事をした。

「俺、橘にはかなわねぇや」

「はへ?」

文也はまたおかしな返事になった。

「俺……も、ちょっと行きたいところできた、かも」

啓太がもじもじしながらそう言うと、明里が目を輝かせた。

「行ってこい！」

明里は笑顔で啓太を送り出してくれた。

啓太は駅に戻り、チサキの店に向かうことにした。


店が開いてるかどうかもわからない。

チサキがいるかどうかもわからない。

覚えてるか。

怒ってるか。

またあの男だっているかもしれない。

でも、もうそんなことはどうでも良かった。

本当は誰にも渡したくなかった。

この腕で抱きしめたかった。

次第に想いが強くなった。

本当はずっとずっと会いたかった。

どんなに貧弱で頼りなさそうな子供だと思われても、気持ちを抑えることはできなかった。
買い物すればいいだけなんて嘘だった。
自分に言い聞かせた単なる大義名分だった。

まだかまだかと電車を待った。
車中も長く感じた。
寒い春の冷たい風の中を、矢も盾もたまらず走った。
息が切れた。
また呼吸苦で病院に行くことになれば、間違いなく小平先生に怒られるだろう。
でも、説教はあとでいくらでも聞く覚悟で走った。
それよりも
今は
今は……

店は営業していた。

「良かった、良かった……」

息を整えて、数ヶ月ぶりに重い扉を開けた。

「こんにちは」

「はーい」

お店に出てきたのは高齢の女性だった。啓太はすぐにチサキの祖母と理解した。

「あ……すみません。あの、今日、チサキさんは」

チサキの祖母は戸惑った顔をした。一瞬気まずい空気になった。

啓太はその表情を見て「まさかあの男と結婚したんじゃ？」と一瞬頭に滲んだ。

しかし、チサキの祖母はすぐに何か閃いたように笑顔になった。

「あ！　もしかして、あなたがケータ君？　いらっしゃい！　どうぞどうぞ上がって上がって！　チーちゃんが待ってたんだよー」

「え？　へ⁇」

訳もわからず家の中に案内された。とりあえずまだこの家にチサキはいるのかと思い、ホッとしたものの、また心拍数が上がり出した。

「チーちゃん、お待ちかね！　ケータ君が来たよー！」

緊張感が高まった。「家に上がり込んじゃったよ」と頭がパニックになった。

チサキの祖母は啓太を居間に通し、襖をザッと開けた。


そこにチサキはいた。

確かにチサキはいた。

こちらを見て微笑んでいた。

襖の向こうの仏間で。

黒い四角い枠の中で。

たくさんの花に囲まれて。


「手、合わせてやってちょうだい。あの子、ずっとね、ケータ君ケータ君って、来てくれるのを待ってたんだよ」

チサキの祖母がそう促すも、啓太の足は全く前に進まなかった。

「どうして……」

「ケータ君、お時間ある？」

チサキの祖母はそう言うとお茶を淹れてくれた。ストーブの上のやかんから湯気がシュッシュッと上がっていた。「寒いからおこたに入って」と居間の炬燵をすすめられ、啓太は足を震わせながらもどうにか仏壇まで足を進め、チサキに手を合わせた。そして炬燵にゆっくり腰を下ろし、足を入れた。縁側の向こうに小さな庭が見えた。

「あの子ね、ステージⅣの乳ガンだったんです」

「え？」

啓太は驚いた。

「それは、どういう……」

「うーん……あの、もうね、ケータ君と出会ったときは、ガンがすでに体のアチコチに見つかって、もうおっぱいが云々ていうところじゃなくなってたの」

啓太は何を言ってるのかこの人は？　と思った。本人からそんなことは何も聞いてなかったのだから。

「知らなかったでしょ。あの子、ケータ君だけには言わないでくれって。元気なお姉さんのままでいたいからって」

お茶菓子に豆大福を出していただいた。しかし、今の啓太に餅を飲み込むような力はなかった。

「私もね、あの子の母親もね、乳ガンだったの。お医者さんにも言われたわ。おばあちゃんもお母さんも乳ガンで、お母さんはすでに亡くなってて。もう少し早く検査に来て欲しかったって……。チーちゃん、店に戻ってワーワー泣いた。声を上げて泣いた。私も一緒にね」

チサキの祖母はゆっくり落ち着いた優しい声で話してくれる。

「あの、僕、医学的なことは全くわからないのですが、手術とかは」

啓太は数々の芸能人が闘病から復活していることを思い出した。

するとチサキの祖母は首を横に振った。

「抗がん剤を試みたんだけどね。癌が小さくなるのを祈ってね。だけど、ところどころで小さくなったものの、目に見えて癌が小さくなることはなかったの。副作用で髪の毛も抜け落ちて、嘔吐もして。泣いて苦しんでて。かわいそうでかわいそうで。背中をさすってあげるくらいしかできなくて」

その後もチサキの祖母は話を続けた。チサキは二十三年前に生まれた。しかし、チサキが八歳のときに両親が離婚。それを機に、チサキは母親の実家の滝沢商店へ引っ越してきたと。

チサキが十二歳の時、母親の乳ガンが見つかった。あの手この手で癌と闘ったが、その甲斐虚しく三年半後に他界した。その後はずっと祖母と二人暮らしだった。

短大卒業後、地元の企業に就職した。その就職先の一度目の健康診断であっさり要検査という結果が出た。祖母も母も乳ガンなのは承知していた。しかし、それでもその結果を放置したらしい。

「チーちゃんは、高校時代のお友達のお兄さんの直君と付き合い出してね。仕事も恋も、順調のように見えたんだけど、旅行先で直君がチーちゃんの脇から胸元に違和感があると言って。そこでチーちゃんは確信したみたいなんだけど。私とお友達と直君と三人が病院に行くように説得して、やっと診察してもらったの。でもね、時、既に遅しで、癌が体のあちこちに広がった後だったんです」

あぁ、やっぱりあの男と付き合っていたのかと、チサキの闘病生活の話の途中で、不謹慎と思いながらも、啓太はそっちにショックを受けた。

「病院からホスピスを紹介されたんだけど、それならこのままお店で過ごしたいって言って、チーちゃん仕事を辞めて、直君とも別れてね、ひたすら店番をこなしていたのよ」

「そうだったんですか」

そんな五月のにわか雨の日に、啓太は店に傘を探しに来た。そこでチサキと出会ったのだった。チサキのお気に入りの傘を借りた。粗品のタオルもいただいた。

チサキの祖母はニコニコと笑顔で

「久しぶりにチーちゃんの輝いた笑顔を見て嬉しく思ったわ」

と言ってお茶を啜った。

チサキの祖母は、チサキが啓太のことを気に入っているというのが、チサキ本人に聞くまでもなく、表情や普段の会話からすぐにわかったと付け加えた。

「チーちゃんにはケータ君が宝石のようにキラキラ輝いて見えたのでしょうねぇ。フフフ」

チサキの祖母は笑顔でそう言った。

「ケータ君、チーちゃんから聞いたんだけど、気管支が悪いの？」

チサキの祖母は神妙な顔で聞いた。

「はい。子供のころはよくそこの病院に入院していました。最近も元旦は病院のベッドの上でした」

「えっ！　最近も入院してたの？」

「そうですね。十二月の後半から年明けまで」

チサキの祖母は目を真ん丸にして

「あらやだ！　チーちゃんがね、あんまりにもケータ君、ケータ君て呼ぶものだから、私、クリスマス辺りに直君にケータ君を連れてきてくれって学校まで迎えに行ってもらったのよ」

「えっ！」

啓太も目が真ん丸になった。もちろん、入院中で学校には行ってない。

「いやだわー直君に悪いことしちゃったわね。フフフフ」

チサキの祖母は顔をくしゃっとさせて笑った。

「チーちゃんがね、ケータ君にわざと傘を持たせちゃったって、いたずらっ子みたいな顔をして言ったの。なんでか教えてって聞いたら、だってまた来てくれるからって。あの子、ケータ君が店に来るのをいつも待ってたのよ」

その話を聞いて、啓太は切なくなった。勝手にやきもち焼いてへそ曲げて、距離を取って。自分の愚かさに、心臓が押し潰されそうな気分になった。

「夏くらいになってからチーちゃん、だんだん体調が悪化してね。体重が落ちて、腹水が溜まって、お腹を締め付ける服が着られなくなっちゃって。いつもワンピースかマタニティドレスだったでしょ。ジーパンとか穿けなくなっちゃったの。店も開けられない日が増えてきたから無理しなくていいよって言ったんだけど、ケータ君が来るかもしれないからって。だから、お盆休みは少し長めにしたのよ」

啓太の記憶にもあった。八月の受診日に店の前まで来たら休みだった日だ。

チサキの祖母の話はまだまだ続いた。

「いつだったか、直君が『結婚しよう』と言ってくれたらしいんだけど、チーちゃん断ったみたいなの。それはもちろん私からも考え直してもらうつもりでいたのよ。ちゃんと健康で元気な女性を探してって。でもね、チーちゃんが断った理由は違う所にあったみたいよケータ君。フフフ」

啓太はチサキの祖母の顔を見た。自惚れかもしれないが、聞かなくてもわかった。

「それがね、癌は進んで、チーちゃん、どんどん衰弱しちゃって。ちょっと動くだけで息が切れるようになったし。着替える体力もなくなって、寝るときもワンピースでね。だったら寝間着で過ごせばと提案すると、それだとケータ君が来たときにすぐに会えないからやだって言って。その辺りからかな。直君が時々来てくれて、この家のことを手伝ってくれるようになったの。逆にケータ君が来ないって淋しがって淋しがって」

へそを曲げた時だと啓太は思った。チサキの祖母の話を聞けば聞くほど、後悔が募る。

「あっそうそう。腹水を抜いてもらうために病院に行ったときがあったんだけど、ケータ君が会計にいたって。本当にもう衰弱しちゃったから、こんな姿、見られたくないって言って、車椅子を押してくれてる看護師に『トイレに連れてってくれ』と進路を変えて遠回りしてもらったって言ってたわ。本当は会いたかったはずなのに。だから『チーちゃん、啓太君に会えるためにも体力つけないとね』って言ったんだけど、あの子に残された時間はないってわかっていたのに、そんなことしか声をかけられなくて。そのうちあちこち痛がって、寝たり起きたりするのも精一杯になっちゃって、大好きだったどら焼きも全然食べられなくなっちゃって……」

チサキの祖母は目に涙を溜めた。

その後、三学期になっても祖母は直紀に啓太を連れてきて欲しいと頼んだようだった。そんなとき、チサキが急変したとチサキの祖母は話す。

「直君の青い車が学校から店に到着して、何とか最期に間に合ったんだけど、チーちゃんの呼吸は、弱くてもう途切れ途切れだったの。訪問医療の人達も少し離れたところで見守ってくれた。最期のお別れの時間を作ってくれたのかな。

私と直君でチーちゃんの名前を呼んだら、直君の手をちょっと握ったらしいのよ。何とか聞き取れたみたいなんだけど、ずっと会いたかったって言ったみたい。きっとケータ君の幻を見ていたのでしょ。フフ。でも直君、そんなことを気にする素振りも見せず、何度も何度も名前を呼び続けてくれたんです」

しかし、その後二回呼吸をしてチサキは静かに旅立ったとのことだった。

「二月六日。雪の日だったわ」

啓太は少し冷めたお茶を一口飲んだ。

「こんな老いぼれが一番軽症で、生き残っちゃって。ごめんねチーちゃん。私がこんな体だから、あんたのお母さんもあんたも、丈夫で長生きさせてあげられなかったね。代わってあげられるなら代わりたいくらい。それで、仕事も頑張って、大好きな人と結婚して、子供も生んで。そんな人生を送って欲しかった」

チサキの祖母が涙を流した。

黒の枠の中でも笑顔のチサキはとても美しかった。朗らかで何の苦しみも感じさせないような笑顔だった。

　仏間の角には茶色い木目調のアップライトピアノが置いてあった。ピアノの横には三段のカラーボックスが二つあり、ショパンやバッハといったピアノの教本と、大好きな美術館巡りで入手した物か、世界中の様々な画家の画集がびっちり詰まっていた。

　それらの上には、コレクションしていると話していた、イルカの縫いぐるみや置物が飾られてあった。力士の手形や、世界的にも有名な絵画の絵はがきもあった。

「チーちゃん、ケータ君と一緒に美術館に行きたいって言って、ベッドの上でしょっちゅう画集を開いていたのよ」

　チサキの祖母はにこやかに教えてくれた。啓太は少しずつ事態を飲み込みながら、ぼんやりとピアノを眺めていた。

「他にも、お気に入りの和菓子のお店を紹介したいとか、お相撲の話がしたいとか、次に来たらアレを話すコレを話すっていつもね。本当にかわいい男の子なんだよって。元気なら両国に遊びに行きたいなんて言って。そのときはおばあちゃんも一緒に行こうね！　なんて誘うもんだから、そーれは若い二人で行きなさいよって言い返して笑ったの。そしたら、だってケータ君、未成年なんだもんって。本気で本気で考えてんのよあの子。直くんには申し訳なく思うんだけど、もう、ずーっとケータ君のことばっかり」

啓太は泣きそうになった。チサキは自分の病気の進行具合より、啓太との明るい未来のことばかりを考えていたのだった。

「ただね、自分はいくつも年上だし、残された時間は少ないし、こんなワタシじゃ啓太君潰れちゃうなって、そんなこともぼやいていたわ」

それは啓太も同じだった。年下の子供で、病弱で、こんな自分が選ばれるわけがないと、後ろ向きになってた。

「でも百歳のおばあちゃんと、九十五歳のおじいちゃんカップルだったら可愛らしいよね！　って言って笑ったのよ。あの子のいいところはね、切ないことがあっても、その中から少しでも明るくなれることを思い付くところ。だから、それならチーちゃん、百歳まで頑張らないとねって話したの。もちろん、現実は飲み込んでいたけれどね。残り少ない人生で、少しでも楽しいことを考えていたほうが、得だからね」

チサキがそんな風に考えてくれていたことに、啓太は申し訳ない気持ちでいっぱいになった。自分はそんな風に考えが回らなかった。

「それでも最後のほうは、死にたくない、おばあちゃん、ワタシ生きたい。ケータ君に会いたいって。ずっと具合悪い姿を見せたがらなかったのに、ケータ君、ケータ君って」

呼吸苦があって、声にならない声をふり絞り訴えたという。

「そんなに僕のこと……」

「あなたが大好きだったのよ……」

チサキの祖母の言葉に胸が締め付けられそうになった。歯を食い縛り、涙をこらえた。

「あの……滝沢さん」

「……はい、なんでしょう？」

「ちょっと教えていただきたいのですが、お墓までの道とそれと……」

「……どうもありがとうございました。お邪魔しました」

啓太が店を出ようとすると

「ちょっと待ってケータ君。これ、持ってって」

チサキの祖母から差し出されたのはあのブルーの折り畳み傘だった。

「あの子からの伝言なの。ケータ君が来たらこの傘渡してって。あの子のお願いなので、どうか受け取ってやってください」

啓太はゆっくりと手を伸ばした。

「わかりました」

あの折り畳み傘が、再び啓太の手に戻ってきた。

「それからもう一つ」

小さな封筒を手渡された。

啓太は終着駅の近くの公園に来ていた。

小雪が散らついていた。

公園には誰もいなかった。

足元の水仙は咲き始めだった。

『お墓までの道とそれと、チサキさんの名前はどのような字を書くのですか？』

啓太はずっと気になっていた。チサキの祖母はチラシの裏にサインペンでサラサラと大きく書いてくれた。

千咲

『あの子ね、下りの電車に乗っていくと終点の駅。あの山の麓の。あの駅の近くの産院で生まれたの。駅から東に歩いてすぐのところに水仙と梅がある公園があるでしょ？　三月の二十五日、千咲が生まれた日ね、水仙と梅の花が見事に咲いてて風に揺れて、とっても綺麗だったんです。春が来たね、お花がいっぱい咲いてるよって生まれたばかりのあの子に大人達がずっと話しかけてたんですよ。それで、単純なんだけど〝千咲〟と……。でもチサちゃんて名前の女の子がいっぱいいいそうだから〝キ〟も付けちゃえってあの子の両親がね』

フフフと千咲の祖母が笑って話した。

「千咲」

啓太は小さく呼んでみた。

「千咲……嘘だろ。なに、黙って死んでんだよ……一人にするなよ」

啓太の頬を一筋の涙が伝った。

「どこに行っちまったんだよ。置いていくなよ……」

次から次へと涙が出てきた。

もう、止めることができなかった。

「病気のこと、どうして言ってくれなかったんだよ。何で、何でだよ。俺よりずっとヤバかったわけじゃん……そりゃ頼りないだろうけどさ、一緒に悩んだり……何だって話、聞いたのに……」

手術を受けたくても受けられない。

治したくても治らない。

今、この時間を大切に。

「全部千咲のことじゃねーかよ」

啓太は自分が病弱なのが悩みだった。

でも啓太が知らないだけで、実は千咲のほうがはるかに深刻な状態だった。

千咲はそれをずっと隠していた。

「美術館、行くんだろ？　両国も案内してくれるんだろ？　……どこに行ったんだよ！　出てこいよ、顔、見せろよ！　千咲！　千咲！」

手渡された小さな封筒を開けてみた。

中からメッセージカードが出てきた。

〝啓太君にかわいい彼女ができますように……千咲〟

「……何言ってんの、バカじゃねーの？　……お前以外に誰がいんだよ……」

手に力が入らなかったのだろう。
弱々しい文字から必死に書いたことが伝わってきた。

いつもワンピースを着ていたのは、もう他に着られる服がなかったから。
痩せたのはダイエットなんかじゃなく病気が進んだから。
息が切れていたのも走り回っていたわけではなかった。
そして
お互いに想いが通じあっていたこと。
でも
お互いに一歩踏み出すのを躊躇っていたこと。

「千咲……ごめん、ごめん……俺に勇気がなかったから」

水仙が風でゆらゆらと揺れた。

「千咲、千咲、ごめん……こんなことなら変な劣等感なんか捨てて、会いに行けば良かった……」

啓太はその場に泣き崩れた。水仙に埋もれるように。

「好きだよ……千咲……」

堰を切ったように泣いた。

最後、一目会いたかったと。

抱きしめたかったと。

数日後、文也からＬＩＮＥが入った。

〝遊ぼうぜ〟

「ふはっ……」

文也らしい文面に吹き出した。

辺りを見渡すと随分と春らしくなった。草花の生命力を感じる日が増えた。もうすぐ新年度が始まる。

東京に進学した美久を抜いた四人で集まった。ファミレスでお昼を食べることにした。

「なんか美久、もう人の多さに疲れちゃったみたい」

明里のところに美久からＬＩＮＥが来たようだ。

「え？　早くね？」

啓太と文也が目を丸くした。

「美久がいるのは都心部じゃないんだけど、コロナも怖いし無理して人混みに行くことはないいんだけどさ」

「早くコロナ落ち着かないかね。俺もカナダに行かなくちゃならないのに」

ジェイクの悩みは尽きないようだった。

「森下君は新学期、登校できそう？」

明里にそう問われた啓太は軽快に答えた。

「うん。今度こそ卒業するよ。岡嶋と一緒に追いかける」

「俺はいつでも森下のそばにいるからな！」

「ブハハ！　岡嶋それは橋に向けて言えって」

危うくジュースを吹き出すところだった。

「楽しかった。みんなと仲間で。ありがとう。今この時間、一緒に過ごせて俺は幸せ。もう一年、頑張れる」

今、この時間を大切に。

啓太が感極まるも、それよりも文也がもっと涙ぐんだ顔をした。

「あんたが泣いてどうすんのよ」

明里が笑いながら文也の背中を軽くさすった。

店を出て、明里に聞かれた。

「森下君、この間、どうだったあのあと」

「この間？　あぁ……もうね、大失敗。最低。最悪。マジでカス」

啓太は遠くを見つめた。でもすぐに笑顔で
「でも、ありがとう。俺、こんなふうに勇気を出したり、色々考えることができたの、初めてかもしれない」

明里に礼を言った。

「なりたいものも見つかったし、俺」

「え？　うそ！　マジ？　ナニナニ？」

「教えて教えて！」

そこにはジェイクも文也も食い付いた。

「稀勢の里」

啓太は真顔で答えた。

明里たちは目を丸くして聞き返した。

「へ？　きっ稀勢？」

「横綱⁉」

「親方？？？」

啓太は三人の表情を見て可笑しくなった。

千咲の誕生日、啓太はお墓参りに行った。

教えられた通りに行くと、たくさんのきれいな花が手向けられていた。線香の香りがスッと上がってくる。

「おばあちゃん、来たのかな。誕生日だもんな」

そう言いながら手を合わせると
「こんにちは。久しぶり」

声がするほうを見ると直紀がいた。


「やっぱり付き合ってたんですね」

啓太はお墓参りを済ませると、直紀の青い車でラーメン屋に来た。直紀はチャーシュー麺、啓太は味噌ラーメンを注文した。店内はそこそこ客がいたが、コロナ対策のためか、ところどころ椅子が間引いてあった。

「まぁねー。千咲がガンにならなければ、君が現れなければ、今頃どうなってたかな。タラレバだけど」

「すみません」

「いやーまさか、こんな小僧に千咲を取られるなんて思ってなかったよ」

「すみません」

啓太は二度、頭を下げた。

「俺、おばあちゃんに頼まれて、君のこと、学校まで迎えに行ったんだぞ」

「そうみたいですね。おばあちゃんから聞きました。どうもありがとうございました。ですが……」

十二月は半分近く登校できなかった。三学期は丸々休んだ。会うはずもなかった。もっとも、直紀の顔を見ればおそらくすぐに拒否反応が出ただろう。

「年末年始あたりからかなぁ。あっクリスマス前後からかも？　三学期になってもさ。千咲が店から物音がする度にケータ君コールするから、直くん、こんなこと頼むのは本当に不躾だとわかってるんだけど、千咲のためにケータ君のこと連れてきてやってくれって泣いて頼まれてさ」

啓太は箸を置いた。

「その頃、俺、入院してたんです。それと、三学期は学校に行ってなくて」

「えーマジかよ！　何て可哀想なの、俺。こんな小僧の恋敵を好きな女のために。しかも学校にいなかったのかよ。マジで損な役回りじゃねーか」

「すみません」

直紀の返答にただただ謝るしかなかった。さらに、美久や明里がときめいた相手がまさか直紀のことだったとは、露も思わなかった。

啓太は少し不思議に思っていたことがあった。

「橋本さんは何の仕事をされてるのですか？」

直紀はチャーシューを口に放り込んで答えた。

「俺、施設の介護職員。介護福祉士っていうと伝わりやすい？　アレ。さてはおかしいと思ったんだろ～。平日なのに昼間っから千咲の家にいるし。あのねー。世の中、平日勤務の仕事ばっかじゃないよ」

「すみません」

啓太はもう四回謝った。ただでさえ貧弱な自分が更に一回り小さくなったんじゃないかと啓太は思った。

ショボくれかけた啓太だったが、直紀に礼を言われた。

「でもね、ありがとう啓太クン。君がいたおかげで千咲は幸せな人生の最期を迎えたと思うよ」

直紀はそう言うものの、またじっと啓太を見つめ首を傾げた。

「どーこがよかったのかなぁ千咲は。こんなもやしっ子君の」

「すみません」

もはやラーメンの味がわからなくなっていた。いっそのこと、もやしラーメンにすれば良かったかと啓太はラーメンを啜った。


啓太は店を出て直紀に頭を下げた。

「橋本さん、本当にありがとうございました。俺、何も知らなかったとは言え、学校に迎えにまで来てもらって。本当にお世話になりました。それこそ千咲さんは幸せだったと思います」

すると、直紀は笑顔で答えた。

「高校生が変なとこ気ィ使うなって。いいんだよ。医療的なことは何もできないけどさ、身の回りの面倒なら苦じゃないよ。だって、俺、介護のプロだもん！　なんてな」

そう言って、直紀は去って行った。

啓太は少しばかり直紀をカッコいいと感じた。

「俺もあんなセリフ言ってみたいもんだわ。千咲が惚れるわけだ」

啓太は直紀の青い車を見送った。


新学期が始まり、啓太は再び三年生をやり直すことになった。

新しいクラスで馴染めるか不安が大きかったが、休み時間になると
「森下先輩、坂口先輩と仲良しですよね？」

と、二人の女子生徒が話しかけてきた。一人はロングヘアでハキハキしゃべる。もう一人は眼鏡っ子でショートカットだ。しかし、どこの情報なのか、俺が坂口と仲がいいなんてどうして下級生が知っているんだとびっくりした。でも冷静に返した。

「そんな、先輩なんて呼ばなくていいよ。坂口ね。うん。仲いいよ」

「あーやっぱり！　坂口先輩めっちゃカッコいいからちょっと気になっていたんです」

やっぱり坂口はモテるな。本人が気付いてないのが可笑しいやと、啓太はちょっとニヤニヤした。

「アイツ、九月からカナダだよ。まぁその前には移動するだろうけど」

「えっマジで？　そんなぁ」

あっそこは情報ないんだと啓太はまた首を傾げた。

するとすぐ近くで男子生徒が一人の女子生徒にちょっかいを出した。

「寺沢、寺沢！　俺、ずっとジャパンにいるよジャパーンに」

「だから何、田村。やだこんな妥協案」

「人に向かって妥協案とか言うな」

二人のやり取りは夫婦漫才のようだった。

「ね、先輩！　坂口先輩って普段どんな感じでした？」

寺沢という女子は更にジェイクの話をした。

「坂口は面倒見のいいやつだったよ。てか、寺沢さんていうの？　敬語もいいよ。同級生なんだから」

「本当ですか？　じゃあ失礼します！　寺沢瑞季です！　よろしくお願いします。こっちは工藤智美です」

いやいや、敬語のままだし！　と思ったけどまぁいいやと啓太は流した。

「よろしくお願いします。工藤智美です。私は別に坂口さんの追っかけでも何でもないです」

「あっずるい智！」

「ずるいも何もないでしょ」

柳田と橘みたいと啓太は懐かしくなった。

「あってもね、このクラスに〝お父さん〟て呼ばれてる人がいてさ。そいつがもう本当に大人のオーラで。もう、先輩どころか保護者と間違えそう」

田村と呼ばれた男子生徒がそう話した。

「へぇ。あっ、ちなみに君は？」

「田村翔馬です。よろしくお願いします」

「よろしく」

なかなか端正な顔立ちの男子生徒だった。

でも、確かに瑞季の言うとおり、坂口のほうがイケメンなのかなと啓太は思った。もっとも、見た目の好みなんていうのは主観の問題なのだが。

「お父さんはすごく本が好きで、いつも図書室にいるんだけどそろそろ戻ってくるんじゃないかなぁ、ねっ田村」

「うん。もう、図書室のことならなんでも知ってる」

「へぇそうなんだ」

啓太がそう答えたときに、教室の扉ガラガラと開いた。

「あっ、お父さん！」

「えっ？」

瑞季の声で反射的に声を出した教室入口近辺に立つ男子生徒は、黒縁眼鏡で、ワイシャツもネクタイも崩すことなくきっちり身に付け、胸元に数冊の本を持っていた。その立ち姿はいかにも真面目なサラリーマンだった。

「……フフッ」

啓太は我慢できず吹き出してしまった。

「あっ、笑った～！」

瑞季も翔馬も智美も大笑いした。

啓太も声を出して笑った。

〝お父さん〟は事態を把握できず、入口付近でまだポカンとしている。

「お父さん、ちょっとちょっと」

智美が彼に手招きをした。彼が近づいてきたので自己紹介した。

「よろしく。森下啓太です」

「あっ、僕は笹川淳です。はじめまして」

淳は軽く会釈した。

啓太は彼を見て
「図書室にいることが多いの？　俺、もしかしたら去年、笹川君と図書室ですれ違ってるかもしれない。はじめましてじゃないよきっと。まさか同級生になれるなんて。仲よくしてください」

「こちらこそ」

淳は再び会釈した。

「あたしも！　よろしくお願いします！　仲よくしてください！」

瑞季が元気よく頭を下げると
「お前のは下心見え見えなんだよ！」

翔馬が斬り込む。

「アッハハハハ！」

啓太の笑い声が響いた。


千咲……

俺、このクラスで何とかやっていけそうだよ。


啓太は涙を流して笑った。


「どうだった？　啓太、新しいクラス」

帰宅後、夏子が啓太に尋ねた。

「うん。楽しかった。まだ一日目だからわかんないけど」

「今年は卒業できるか？」

今度は良介がビールを持って話しかけた。

「うん。頑張るよ。冬ね。どうにか乗り越えたい」

啓太はそこに更に付け加えた。

「俺、仮に、卒業するとして、その後のことなんだけど」

「うん。どうした？」

良介も夏子も歌歩までも真剣な顔で啓太を見ている。

「福祉大か看護学校に進みたいんだけど、いいかな」

しばらく空気が固まり
「えええええー!!」

啓太以外の全員の声が家中に轟いた。

「啓太あんたわかってる？　介護や医療の現場って体力勝負よ？　自分がへばってなんかいられないよ？」

夏子から突っ込まれる。

「わかってる！」

「啓太、直接命を預かる仕事だぞ！　中途半端な気持ちじゃだめだからな！」

良介から突っ込まれる。

「わかってる！」

「お兄ちゃん！　介護って土日祝日、盆暮れ正月、ゴールデンウィークも休みじゃないよ？　夜勤もあるんだよ？」

歌歩から突っ込まれる。

「わかってる！」

再び一家の空気が止まった。

そして啓太は口を開いた。

「今までさ、自分に自信がなくて、俺が何か一歩踏み出そうと思っても、こんな病人みたいな俺よりもっとふさわしいヤツがいるし、俺じゃ逆に足手まといだって思ってて、本当に何にもできない人間だって思ってたけど、こんな俺でも見てくれてる人がいたり、俺でも力になれることがあるんじゃないかって思えるようになってきたんだ。世の中には俺なんかよりずっと深刻な人がたくさんいる。分刻み、秒刻みで病気と闘ってる人がたくさんいる。中には完治が困難な人もいるんだよ。それで俺、そういう人のために動きたい。バックアップしたい。寿命をコントロールすることはできないけど、制限のある生活の中で、一つでも二つでも、心が軽くなることを手伝いたい」

今まで見せたことのない真剣な顔で訴えたのが伝わったのか、夏子が確かめるように聞いた。

「……やれるのね？　本っ当にやれるのね？」

「一度チャンスが欲しい」

「……わかったわ。あんたが決めたことだからお母さんは応援する。何か困ったことがあったら一人で抱えないで、相談しなさいよ。お母さんはあんたの味方だからね」

「啓太はずっと入退院を繰り返してきたから、医療や福祉の大切さを身を以て感じたのかな。かんばりなさい。お父さんも応援するよ」

　啓太の目の前が明るく広がった。

「あたしも応援するよお兄ちゃん！　きつい仕事だとは思うけど、やりがいも絶対あると思う！　老人ホームなら案外孫みたいにおじいちゃんおばあちゃん達に可愛がってもらえるんじゃないの？　ヒヒヒ！」

　歌歩もエールを送ってくれた。

「みんな、ありがとう。頑張ります……理由としてはそれだけじゃないけどさ」

「え？」

「何でもない！　こっちの話！」

良介と夏子はまぁいいか、というような顔をした。

啓太は心が軽くなった。


数日後、通院日が来た。

「啓太、傘、忘れないでね。今日は降るよ」

「うん。大丈夫。持ってる」

一年前、夏子の言うことを守って傘を持参して病院に行ったら、千咲には出会えなかった。あの日、何のハプニングもなく、ただ病院から帰宅しただけだろう。自分の進む道も考えることなく時が過ぎてた。

啓太はリュックの中の千咲の折り畳み傘をチェックした。

「ねぇ、あんた、その傘さぁ」

「んん～？」

夏子の問いかけに適当な返事で誤魔化そうとした。

「返してないんじゃないの!!　やだもうこのバカたれッ！　早く返しなさい！　もう一年近くになるじゃないの！　失礼にも程があるでしょ！　親にも嘘をついて！」

「この傘は、いいんだよ」

「変な言い訳しない！」

　じわじわと可笑しくなってきた。

「ハハッ。いいんだよ。マジで。これは」

「何がいいのよ！　いいわけないでしょ！　今、どーーーーっしてここに滝沢さんちの傘があるのか、お母さんにわかるように、納得できるように、説明しなさいっ！」

「今、言い訳すんなって言ったくせに」

「言い訳と説明の意味を履き違えるなっ!!」

　ヒエーッと悲鳴を上げた。そそくさと玄関を出た。

　病院前に到着した。

滝沢商店はシャッターが下りていた。

張り紙がしてあった。

閉店したとのことだった。

軒先のプランターには何も植えてなかった。


「千咲、来たよ」

診察後、千咲のお墓参りに来た。

啓太は時間がある度に千咲に会いに来ていた。

それは、ちょこちょこと滝沢商店に通ってた頃と何も変わりなかった。

駅前の花屋で買った花を供え、黒いシンプルなやや小さめのエコバッグを開けた。

「千咲、今日はね、卯月屋の桜餅を持ってきた。食ったことある？　俺、卯月屋の桜餅は初めてなんだ。団子は食ったことあるんだけどさ」

桜餅を一つ墓前に供え、手を合わせた。

無言のまま静かに佇む千咲に話しかけた。

「なんかさ、渋い趣味だよね。相撲に和菓子。サッカーはチェックしないの？　マリトッツォとかは食わない？　柳田や橘なんか、めっちゃテンション上げてマリトッツォ食ってたよ」

祖母のことが大好きだったのだろうというのがよく伝わる嗜好だ。

ところが

「やべっこれうまい！　マジでうまい！　何これ！」

啓太は桜餅を一口齧り、目を丸くして感激した。

『でしょ！　和菓子だって負けてないんだから！』

そんな声が聞こえてきそうだった。

後悔したこともたくさんあった。

反省したこともたくさんあった。

でも勇気を出すことができた。

こんな自分を見ててくれる人がいた。

少しだけど、前向きに考えることができた。

それらはこの一年で啓太の経験値になった。

千咲の前で、一つ一つを思い出していた。


桜餅を食べ終わると、墓石にそっと手を当て軽くキスをした。

「うーん。やっぱりこれだと千咲のじいちゃんや母さんにもチューしたことになっちゃうような気がするんだよなぁ。つーかもう、先祖代々？　……まぁいっか。じゃ、千咲。また来るね」

啓太は二、三歩進むもピタッと止まり振り返った。

「言っとくけど、俺、当分好きな女なんてできないからな！」

『アハハ！　いいよ！　許す！　啓太！』

千咲が笑って許してくれてるような気がした。


お寺の枝垂れ桜が綺麗に咲いていた。

ポツリポツリと雨が降りだした。

リュックから千咲の青い傘を出した。

　啓太はコートの外でバレーボールを持っていた。啓太は少しずつ回復し、少しずつ日常生活を元に戻していった。体力向上の為に体育の授業も極力参加した。もう派手に体調を崩したくなかった。今度こそ卒業したい啓太だった。歌歩と同学年なんて真っ平ごめんという思いだった。しかし、それは次の進路もストレート勝負ということにもなる。気の抜けない一年になりそうだ。

「せーんせー！　森下パイセンのサーブが入ったら十点ねー！」

　啓太のチームから規格外レベルのハンデが提案された。啓太自身も驚いた。

「いいぞ、乗った！　よし入れろ森下！　おいバレー部は手加減しろよ！」

　体育の教師が手を叩いて賛成した。

　すると相手チームからクレームが上がった。

「ちょっ！　乗ったって、そりゃないっしょ先生！　何すかそのルール！」

「森下忖度ポイント」

　ギャハハハハ！

　両チームから笑いが起きた。

啓太も笑った。

(もうもやしなんて言わせねぇからな！　見てろ！)

啓太はそう念じながら思い切りボールを打った。

啓太の打ったボールは、ひょろひょろひょろひょろ〜と弧を描き、そしてポスッとネットに引っ掛かった。

「ありゃりゃりゃりゃー」

啓太はその場に崩れた。

仲間チームも一緒に崩れた。

もやし卒業にはまだまだ時間がかかりそうだ。

著者プロフィール

卯月 リボン（うづき りぼん）

1975年生まれ。

長野県出身。

介護支援専門員の経験あり。

趣味はガーデニング。

ターミナル　あの日の雨と出会いと

2024年12月15日　初版第１刷発行

著　者　卯月 リボン
発行者　瓜谷 綱延
発行所　株式会社文芸社
〒160-0022　東京都新宿区新宿１－10－１
電話　03-5369-3060（代表）
03-5369-2299（販売）

印　刷　株式会社文芸社
製本所　株式会社MOTOMURA

©UZUKI Ribon 2024 Printed in Japan
乱丁本・落丁本はお手数ですが小社販売部宛にお送りください。

送料小社負担にてお取り替えいたします。

本書の一部、あるいは全部を無断で複写・複製・転載・放映、データ配信することは、法律で認められた場合を除き、著作権の侵害となります。

ISBN978-4-286-25813-3